U0717805

SPRING 野

更具体地生长

All This Wild Hope

世界仍在以不可阻挡的速度增长
却总是缺少点什么

———

黑色的是阴影，空洞。
黑色的是燃烧过的爱。

© Daniel Malak

Adam Zagajewski
1945—2021

# 真 实 生 活

True Life

Adam Zagajewski

广西师范大学出版社
·桂林·

[波兰] 亚当·扎加耶夫斯基——著

李以亮——译

**图书在版编目(CIP)数据**

真实生活 /(波)亚当·扎加耶夫斯基著;李以亮
译. —— 桂林: 广西师范大学出版社, 2024.10 (2024.12重印).
ISBN 978-7-5598-7292-0

Ⅰ. I513.25

中国国家版本馆CIP数据核字第2024US1083号

TRUE LIFE: Poems by Adam Zagajewski
Copyright © 2019 by Adam Zagajewski
English Translation copyright © 2023 by Clare Cavanagh
Published in arrangement with Farrar, Straus and Giroux, New York.
All rights reserved.

著作权合同登记号桂图登字: 20-2024-029 号

本书主要根据 Farrar, Straus and Giroux 公司出版的 Clare Cavanagh 英译本译出。

**ZHENSHI SHENGHUO**
**真实生活**

作　　者:(波兰)亚当·扎加耶夫斯基
责任编辑:彭　琳
特约编辑:苏　骏
装帧设计:汐　和　at compus studio
内文制作:常　亭

广西师范大学出版社出版发行

　　广西桂林市五里店路 9 号　邮政编码: 541004
　　网址: www.bbtpress.com
出版人: 黄轩庄
全国新华书店经销
发行热线: 010-64284815
北京启航东方印刷有限公司印刷
开本: 787mm×1092mm　1/32
印张: 3.5　　　　字数: 46 千
2024 年 10 月第 1 版　2024 年 12 月第 2 次印刷
定价: 36.00 元

如发现印装质量问题,影响阅读,请与出版社发行部门联系调换。

真实生活是缺席的。但我们身处世界里。

伊曼纽尔·列维纳斯

# 目 录

contents

# 退休的二十世纪

让我们试着想象一下：

一个有点像老托尔斯泰的人

漫步穿过皮卡第[1]的田野，

可笑的坦克曾在那里

笨拙地战胜了

地势上的缓坡。

他还参观了

布鲁诺·舒尔茨[2]死去的城镇

或是坐在黯淡的

---

1　皮卡第（Pikardii），历史上属于法国北部的一个行政区，2016 年 1 月 1
　　日起，该区已成为上法兰西大区的一部分。——若非特殊说明，本书注
　　释均为译者注

2　布鲁诺·舒尔茨（Bruno Schulz，1892—1942），波兰犹太裔作家、艺术
　　家，纳粹德国占领时期被盖世太保枪杀于大街上。

维斯瓦河的岸上，

草地散发着

蒲公英、牛蒡和记忆温暖的气味。


他很沉默，鲜少微笑。

医生警告他

要避免冲动。


他说：我学会了一件事

唯有怜悯——

对于人类、动物、树木和画作。


唯有怜悯——

总是迟到。

# 卓宁霍姆宫 [1]

一张多年前的照片 —— 我的双亲

在斯德哥尔摩附近的

卓宁霍姆宫前。

很可能是九月，

一个告别和狂喜的月份。


父亲打着领带，

妈妈披着围巾

（1968 年前的优雅）。

他们凝视着我，

亲切，怀着关心。

---

1　卓宁霍姆宫（Drottningholm）始建于 16 世纪，曾为瑞典皇家宫殿，1991
　　年被列入联合国教科文组织世界遗产名录。

更高处，在他们头顶，

云层，漠然，呈深蓝色，

还有少许阳光照亮

游客的侧影。也许

还想照进他们的心。

# 大诗人芭蕉<sup>1</sup>上路了

经过长时间的准备

大诗人芭蕉上路了。

第一天他就碰巧

经过一个哭泣的婴儿

被父母遗弃。

他把他留在路边，

因为，他说，这是上天的旨意。

他继续前行，向北，走向雪

和不可见的、未知的事物。

慢慢地不完美的城市安静下来，

唯有混沌的溪流滔滔不绝

---

1　指松尾芭蕉（Matsuo Bashō，1644—1694），日本江户时代的俳句大师，
　　被尊为"俳圣"。

白云与虚无嬉戏。

他听见黄鹂的歌声，轻柔，

犹疑，像祈祷，像哭泣。

# 圣地亚哥-德孔波斯特拉 [1]

一场细雨，仿佛大西洋

在清算它的良心


十一月不再伪装

雨水扑灭了篝火与火花


圣地亚哥是西班牙的秘密首都

巡逻队日夜不停


朝圣者在街上游荡，疲惫

或急切，像普通游客

---

1　圣地亚哥－德孔波斯特拉（Santiago de Compostela）简称圣地亚哥，位于西班牙西北部，是加利西亚自治区的首府。从中世纪起，圣地亚哥就是朝圣之地。

我在大教堂下看见一个女人

靠在背包上哭泣


朝圣结束了

现在她要去哪里


大教堂只是石头

石头不知道移动


夜晚正在逼近

接着是冬天

# 阿孔斯卡街 7 号 [1]

约德科娃夫人，曾经是个美人，缓慢地

死于多发性硬化症。

扎瓦兹基当上了人民共和国 [2] 的众议员

但我们没有就此为难他。

沃伊泰克·普绍尼亚克 [3] 住在二楼

我住在三楼，我听收音机


并且在读《格兰特船长的儿女》[4]。

我喜爱帕加内拉教授。

乔德科先生有一辆吉普，来自淘汰的军用品

---

1　阿孔斯卡街 7 号位于格利维采，是作者童年和少年时期生活的地方。

2　波兰人民共和国（PRL）存在于 1952 至 1989 年间。

3　即沃伊切赫·普绍尼亚克（Wojciech Pszoniak, 1942—2020），作者年轻时的友人，后来成为波兰著名演员、戏剧导演。

4　法国科幻小说家儒勒·凡尔纳（Jules Verne, 1828—1905）的作品。

（德国国防军）；汽油味

对我似乎很有吸引力。

我以为，旅行就是那种气味。


数月的日子来了又走

小心谨慎，有种英国风度。

街道静止

冬天和夏天，仿佛复活节岛上的

雕像

只注视着一个方向。

# 布基伍基 [1]

你在隔壁房间大声问

如何拼写"布基伍基"

我立刻想到，多么幸运

没有战争发生

没有大火吞噬

我们城市的历史遗迹

我们的身体我们的住所


没有河水暴涨

没有朋友

被逮捕

只有布基伍基

---

1　布基伍基（boogie-woogie）是一种流行于 20 世纪 20 年代的舞曲，对节奏蓝调和摇滚的发展有重要影响。

我松了一口气

我说它的拼写就像它的发音

布基伍基

# 威奇克·费伯

威奇克·费伯英年早逝，身后留下

一首诗：你在窗下是多么有趣

伊娃·德马尔奇克[1]唱过这些词句

——在各种快速旋转的唱片上

威奇克·费伯什么也听不见

（当清冷的暮色降临）

因为这就是永恒

女士们先生们，神情涣散、漠然

对此，什么也做不了，亲爱的朋友们

（城市上空乌云隐现

很快就要下雨）

---

1 　伊娃·德马尔奇克（Ewa Demarczyk，1941—2020），波兰著名女歌手、演员，有"黑天使"美誉。

## 逗留

例如一次短暂的逗留

在一座小型养蜂博物馆

在贝尔格莱德

和诺维萨德[1] 之间；八月的一天，

——无忧无虑，近乎幸福。


养蜂博物馆 —— 还有

比这更清白的地方吗？

这里没有部长

没有摇滚歌星，事实上

连蜜蜂也见不到。

---

1　诺维萨德（Nowym Sadem）位于塞尔维亚北部，距贝尔格莱德约 70
公里。

或者在一次朗诵会后

平凡的日常逐渐复位，

而你，缓慢地、平静地

再次成为你自己

——生活也一如既往。

## 米丽娅姆·基亚罗蒙特 [1]

米丽娅姆像一只鸟

无所畏惧。

她的记性很好

而且坚持系统训练。

她每天学一首新诗,

比如莎士比亚的十四行诗。

她什么都懂。

我们想,

她也许是永生的。

不幸的是,我们错了。

---

1　米丽娅姆·基亚罗蒙特(Miriam Chiaromonte)是意大利著名记者、政治
　　思想家尼古拉·基亚罗蒙特(Nicola Chiaromonte,1905—1972)的妻子,
　　丈夫去世后,她致力于编辑、出版他的文集。

# 群山

当夜幕降临
群山清晰而纯净
——像在考试前
一个哲学系的学生。

乌云护送黑色的太阳
走到阴暗的大街尽头
缓慢地告别，
但没有哭泣。

看吧，贪婪地看，
当暮色降临，
不知餍足地看，
无所畏惧地看。

# 利沃夫的雨

它落在瓦维尔的龙身上

落在巨人的骨头上

塔德乌什·鲁热维奇 [1],《克拉科夫的雨》

它落在亚美尼亚大教堂上

落在圣乔治的东仪天主教堂上。

落在歌剧院和黑色的房子上。

群山消隐在薄雾里。

奥斯塔普·奥特温 [2],一个

勇敢的人。

---

[1] 塔德乌什·鲁热维奇（Tadeusz Różewicz，1921—2014），波兰诗人、剧作家。

[2] 奥斯塔普·奥特温（Ostap Ortwin，1876—1942），波兰记者、文学评论家。

（他维护斯坦尼斯瓦夫·布若佐夫斯基[1]）。

被盖世太保

在大街上开枪打死。


文明——多达五个音节。

痛苦——只有一个。[2]

在伦敦，我看过凡·艾克[3]的自画像

铭文为"Als ich kann"——即

"尽我所能"——这不是自拍照。


雨落在苏格兰咖啡馆上

落在凯泽瓦尔德[4]

高高的城堡

和犹太会堂上。

---

1　斯坦尼斯瓦夫·布若佐夫斯基（Stanisław Brzozowski，1878—1911），
　　波兰哲学家、文学评论家。

2　"文明"和"痛苦"的波兰语分别为"Cywilizacja"和"Ból"。

3　扬·凡·艾克（Jan van Eyck，约1390—1441），尼德兰画家，对西方油
　　画的发展有重要影响。

4　凯泽瓦尔德（Kaiserwald）位于拉脱维亚首都里加附近，1943年，德国纳
　　粹在此建立集中营并屠杀大量犹太人。

这座城市，就像罗马

坐落在七座小丘上

有着权杖和球形屋顶建筑

变得又平又小。


电车轮子在狭窄的

轨道上尖叫。

我们所有人都哭了

路人和游客

赢家和输家。

# 启蒙

诗歌是文明的童年，

启蒙运动的哲学家们说，

我们的波兰语教授也这样说，高个子，瘦得

像一个失去信仰的感叹号。

那时我不知道该如何回答，

我还有一点孩子气，

但是我想，我在诗中

寻找智慧（永不放弃）

和某种平静的疯狂。

很晚之后，我发现了，片刻的欢乐

以及忧郁的隐秘满足。

# 桑博尔

我们快速驶过

桑博尔，用时五分钟。


我的母亲，我想，

是在这里高中毕业。


黄昏降临

没有出殡的队列。


只有一匹小马在路上跳舞，

然而，并没有离开母马太远；


自由是甜蜜的，

母亲的亲密也是。

一片灰色的寂静统治着
田野和森林。

而桑博尔小镇
再次沉入遗忘。

# 关于好政府与坏政府的寓言

好政府 —— 善政，

好法官 —— 我们知道

在公正的统治下，锡耶纳城

如何繁荣兴旺。


到处是和平的景象。

村民平静地劳作，

葡萄因骄傲而膨胀

婚礼的队伍在街上舞蹈。


另一方面，坏政府始于

折磨正义，

它有一个美丽的名字，尤斯蒂亚[1]，

却爱撒谎，散布纷争，


喜欢残酷

和欺骗；最后雇凶杀人。

城市被遗弃，生产庄稼的

田地被荒废，房屋被烧毁。


但在七个世纪之后，你看，

（比较一下这两幅壁画）

邪恶在消退，几乎无法辨认

而美好色彩鲜艳

吸引我们的目光。


只是需要

等够七百年。

---

1　尤斯蒂亚（Iustitia），意为正义。

# 边界

有汽油味的蟋蟀

弗拉基米尔·霍兰 [1]

穷人在边界等待

怀着希望看向另一侧

有汽油味的蟋蟀

云雀歌唱着

压缩版的国歌

边界两侧都是东方

北边是东方

南边是东方

---

1　弗拉基米尔·霍兰（Vladimír Holan，1905—1980），捷克著名诗人。

一辆汽车载着一个巨大的地球仪

上面只显示海洋


一个小女孩在一辆老式菲亚特 125 里

认真做作业


一个绿网格笔记本中 ——

边界无处不在

# 短暂的时刻

短暂的时刻
如此少见地发生 ——
这就是生活?

罕见的日子
光彩回归 ——
这就是生活?

短暂的瞬间
音乐恢复其尊严 ——
这就是生活?

难得的时光
爱情占据了上风 ——
这就是生活?

# 冬日的黎明

冬天，黎明时分

出租车将你送达机场

（又一个节日）。

半梦半醒，你想起

安杰伊·布尔萨[1]曾在此生活，

就是这里，汽车外面，

他曾写道：诗人为数百万人受苦。

天依然漆黑，在公交站

几个人蜷缩在寒冷中，

看着他们，你想，幸运的灵魂啊，

你们只为自己受苦。

---

1　安杰伊·布尔萨（Andrzej Bursa，1932—1957），波兰著名诗人、作家。

# 在德罗霍贝奇 [1]

也有一些小城镇

影子

比事物

更真实

也有

夜幕降临

老房子

平静地等待

然后是黑暗

---

1 德罗霍贝奇（Drohobycz）属利沃夫州古城，位于今乌克兰西部。

看吧

多么温柔

## 无花果

无花果是甜的，但不能长久。

它们在运输途中坏得很快，

店主如是说。

就像亲吻，他妻子补充道，

她是个驼背的老妇人，有双明亮的眼睛。

# 这就是为什么

这就是为什么我漫步在这些走廊里

这些伟大的博物馆

看着一个世界的绘画

其中的大卫如童子军一般清白

歌利亚真该死

伦勃朗的画布上有一片永恒的昏暗

焦虑和专注的昏暗

我从一个展厅走到另一个展厅

我欣赏愤世嫉俗的枢机主教的肖像

身着罗马的紫袍

我欣赏狂喜的农夫婚礼

纸牌或骰子的狂热玩家

我观看战船与和解的时刻

这就是为什么我漫步在这些走廊里

这些著名的博物馆这些天堂般的宫殿

我试图理解以撒的牺牲

马利亚的悲伤以及塞纳河上明亮的天空

而我总是要回到大城市的街道

疯狂、痛苦和欢笑在那里持续——

尚未被描绘

# 门闩

我祖父在利沃夫大学

教授德语课 —— 早上八点

许多学生迟到。

卡罗尔爷爷，一个纪律严明的人，

把门闩插到门框上

八点一过

大厅是紧闭的。


但他们继续睡，睡得很长，很好，

不知道这座城市将不复存在

连同门闩，一切都会结束，

然后是驱逐、处决、悲伤，

有一天门闩也会变成

幸福的回忆，

一枚来自赫库兰尼姆 [1] 的胸针，一件珍宝。

---

1　赫库兰尼姆（Herkulanum）是一座古城，位于今意大利坎帕尼亚，公元
　　79 年毁于维苏威火山爆发。——编者注

# 别人的生活

你喜欢读诗人的传记

闯入别人的生活

那种突然的震惊

发现自己身处他人生活的幽暗森林

但你能随时离开

去到街上或公园

或在夜晚的阳台

看星星

星星不属于任何人

它们像刀子

却不带一滴血

星星纯净而闪亮

残忍

# 老画家

老画家站在画室的窗边，
那里放着画笔
和颜料。

诗人等待灵感，物体
和面孔却攻击画家，
它们尖叫着到来。

然而，它们的轮廓
模糊、褪色。
物体变得盲目、暗哑。

老画家只感到
一波模糊的光，

对形式的渴望。

而即便现在他也知道
也许他还会再次看见
难以区分事物的苦涩欢乐。

# 我们在等待

一天下午

阿尔弗雷德·科尔托[1]演奏肖邦

但只是在一张唱片中

那又怎样

这里有永恒

这里有打盹的

温柔

和黑暗的力量

我们都在等待

接下来会发生什么

这里有永恒

但很快会结束

---

1　阿尔弗雷德·科尔托（Alfred Cortot，1877—1962），法国钢琴家、指挥家。

声音是闪电的击打

它们不能被阻止

我们能被阻止

就像那个

终点

# 伊斯坦布尔

我再次看见那些男孩，在正午的

阳光下，捏着鼻子

从一个低矮的混凝土码头

跃入伊斯坦布尔的大海。

然后他们立刻从水里出来，

如潮湿的鹅卵石闪闪发光，

接着又一次跳进去——

仿佛真的可以成为一部永动机。

我不知道他们是否快乐，但

有那么一刻，我沉浸在

五月的光辉里，看着。

# 打吊针时的自画像

扎加耶夫斯基先生？护士确认道。

没错，我回答，是我。

抗生素透明

如泉水

并不急于流向哪里。

我看见窗外一棵老白蜡树，

长出嫩叶

享受着空气、

五月的阳光和风。

因为星期天的医院，

亲爱的朋友们，不是医院，

而是散步长廊、海滩、机场、

果盘、心脏病科和睡眠。

我还看见体育场，克利帕迪亚[1]体育俱乐部，

蓝队对阵红队

红队对阵蓝队。

但和平统治这里，

沉默和透明；

我置身于战斗之外。

---

1　克利帕迪亚（Clepardia）位于波兰克拉科夫，有以此命名的著名足球队。

# 东方

向日葵皱巴巴的脸，

好奇的豆子爬上细杆。

一首深深庭园的田园诗：公鸡在打鸣。

扎莫希奇[1]突然出现，莱希米安的家[2]，

随后锦葵盛开，你看到贝乌热茨[3]，

一座空城，住着

五十万个影子，那么多声音完全沉默，

如今无人再哭泣 —— 只有四个

来自科尔布绍瓦[4]犹太区的漂亮姑娘

多年来一直看着镜头，仿佛那就是拯救，

---

1　扎莫希奇（Zamość）位于波兰东南部，其古城建于 16 世纪，1992 年被列入联合国教科文组织世界遗产名录。

2　博莱斯瓦夫·莱希米安（Bolesław Leśmian, 1877—1937），波兰诗人、艺术家，也是波兰最早的象征主义和表现主义诗人之一。莱希米安曾在扎莫希奇居住过十三年。

3　贝乌热茨（Bełżec）位于波兰卢布林东南部，纳粹曾在此建立集中营。

4　科尔布绍瓦（Kolbuszowa）位于波兰东南部，曾有大量犹太人居住于此。

但是不曾有，也不会有拯救，

唯有那部相机，现在和将来都是

那泛着蓝光的透镜

像玻璃杯里被点燃的酒精，

木质教堂在等待火

非常平静，一动不动。

这是没有太阳的东方，这是没有夏天

的太阳，现在它接近

终点，接近源头，接近边缘，

接近黑色的大地，接近无尽的咏叹调。

# 卡尔扎米利[1]

战俘营里的高乌钦斯基[2]：

以前没有，以后也不会有人那般虔诚。


一个身为诗人的人能做什么——

在军队，在医院，或在这世界上？


来自叙利亚的难民溺死于大海

或窒息于冷藏卡车里。


在卡尔扎米利，一只死猫躺在公路上

（我几乎不可避免地碾过了它）

---

1　卡尔扎米利（Kardamyli），希腊南部城市。

2　康斯坦蒂·伊尔德丰斯·高乌钦斯基（Konstanty Ildefons Gałczyński，1905—1953），波兰著名诗人。"二战"期间，他被征召入伍，后成为战俘。

——而我为什么要为它感到难过，

仿佛我失去了一个亲近的人。


我们是安全的，隐藏在

混凝土盒子里、在恐惧中。


一阵北风吹来，地中海季风，

无花果坠落在大地裂开的嘴里。


2015 年 9 月

# 医院走廊的瑜伽音乐

这不是维瓦尔第[1]或斯托克豪森[2]

这些是未经训练的声音

这不是美声唱法

你听到的低语有时是诅咒

或充满痛苦的沉默

两位老妇人

在谈论医生

——金发的那个医生更有礼貌

担架上躺着一位脸色苍白的老人

双眼紧闭

这里不再有同情

---

[1] 安东尼奥·维瓦尔第（Antonio Vivaldi，1678—1741），意大利神父、作曲家、小提琴演奏家，最著名的巴洛克音乐家之一，代表作有《四季》等。

[2] 卡尔海因兹·斯托克豪森（Karlheinz Stockhausen，1928—2007），德国作曲家，被誉为"电子音乐之父"。

同情已经外出，不会很快回来

也没有留下地址

# 十五岁

我十五岁。我是一名童子军，

我在树林里弄丢了刀和指南针。

我走在德沃科瓦街[1]上，西里西亚

朦胧的太阳高悬在我头顶，还有一只鹰

徒劳地寻找着朋友。

我是一座丑陋教堂里的辅祭男童，

我十二岁，我知道圣器室的气味，

混合着汗水和淀粉[2]的味道。

我听爵士乐，查理·帕克[3]已经死了。

我十八岁，我高中毕业

身穿白色衬衫配海军蓝领带。

---

1　德沃科瓦街（Dworcowa）位于波兰北部城市比得哥什。

2　应指浆洗衣物用的淀粉。——编者注

3　查理·帕克（Charlie Parker，1920—1955），美国著名爵士乐手、萨克斯演奏家。

我开始读诗，有时

我好像什么都懂。

我十五岁，我宽容地

打量成年人。我确信我不会

犯同样的错误。

# 风

我们一直不记得诗是什么

（或许这只发生在我身上）。

诗是从众神那儿吹来的风，

齐奥朗说，他援引自阿兹特克人。


然而也有那么多平静、无风的日子。

那时诸神在打盹

或在为更高的神

填写纳税申报表。


噢，愿风回来。

来自神灵的风

愿它吹来，让风

苏醒。

# 圣马太蒙召 [1]

那位牧师看起来就像贝尔蒙多

维斯瓦娃·希姆博尔斯卡,《葬礼》(之二)

—— 看看他的手,他的手掌。像钢琴家的手

—— 但那个老人什么也看不见

—— 接下来是什么,在教堂里付钱

—— 妈妈,我头疼

—— 非常个性化的人像

—— 请安静点,我们无法集中注意力

—— 桌上的这些硬币,它们值多少钱

—— 三周后他就要动手术了

—— 我猜它们是银币,可以肯定,不过不纯

—— 天哪,它们好美

---

1 　在罗马圣王路易堂(San Luigi dei Francesi)的一座侧堂里,挂有三幅卡拉瓦乔的杰作;要照亮它们,必须往自动售货机里投放硬币。——原注

—— 为了装饰孔塔雷利礼拜堂 [1]

—— 谁是马太，那个年轻人还是那位老者？

—— 我们今天在地铁里差点被抢了

—— 两代欧洲艺术家以此为榜样

—— 看，窗户里有个十字架

—— 光又灭了

—— 左边那堵墙是黑色的，仿佛世界末日

—— 你还有一欧元或五十美分吗？

—— 当然不是那个年轻人

—— 马上要关门了，快点

—— 他看到一个人在收税

—— 这些画被投保多少钱

—— 耶稣在阴影中，但他的脸是明亮的

—— 我要走了，我在外面等

—— 为什么没人看守？

—— 他们生活在昏暗中，突然有了光

—— 它要熄了

---

1　孔塔雷利礼拜堂（Contarellich）位于罗马圣王路易堂内，其中藏有卡拉瓦乔的《圣马太蒙召》《圣马太殉道》《圣马太的启示》。——编者注

# 查理

纪念 C.K. 威廉斯 [1]

查理曾在纽约宣布:

我们会成为朋友 —— 我们是朋友

已经三十年。

他有时会急躁,目空一切,

但他知道只有善意能联结彼此。

他身材高大,有一张西班牙贵族的脸。

他每天上午去工作室

像一名工人去葡萄园

用想象力的大剪刀武装自己。

---

1　C. K. 威廉斯（C. K. Williams，1936—2015），美国著名诗人、文学评论家，本诗标题即指他。

他写得很慢，反复修改

他的诗 —— 从稠密的散文中

提炼出一行狂喜的诗句。


乍看之下，也许并不富有诗意。

他的父亲销售冰箱和电视

但一位信使走向他，轻声细语。


在卢卡附近的暑假，他第一个起身，

在花园里，身穿来自摩洛哥的白色长袍，

他弓在一台黑色电脑前工作。


他的祖母曾告诉他，她来自奥地利，

但她出生在利沃夫，在去埃利斯岛 [1] 之前

她的名字叫格拉博维茨卡。


友谊是不朽的，不需要

---

1　埃利斯岛（Ellis Island）位于自由女神像所在的自由岛旁边，曾是欧洲移
　　民踏上美国的第一站。

太多语言。耐心而平静。

友谊是爱的散文。


去世前四天他躺在床上，虚弱、干瘦

像一名奥斯威辛的囚犯，睁着黑色的大眼睛

等待解放。

# 柽柳开花的地方

你不想下海游泳

在柽柳开花的地方。

那片海滩很受欢迎，你说。

确实，它是有一点受欢迎。

音乐震耳欲聋，

当地领养老金的人在打牌，

一轮外省的夕阳就要落山。

不过应该指出的是

这里的柽柳正在开花，

优雅，极为精致，

而碧绿的大海统治一切，

没有止境，总是许诺着更多。

我游了一会儿

从水中起身时我看到

一只斑鸠

从淋浴间旁的水坑里喝水

我想，这就是

和平的象征。

# 科尔多瓦，麻雀

给卡罗尔·塔尔诺夫斯基[1]

到处都是橘子花开的香味

像柔软的丝绸手帕；

这里记忆比时间更强大，

每一天教堂都必须再次

到清真寺里寻求庇护。

科尔多瓦是这个国家的

黑色心脏，是无形之物的

严厉判官，愤怒与喜悦、

欢笑与暴怒的判官。

与此同时，身穿潜水衣的

---

1　卡罗尔·塔尔诺夫斯基（Karol Tarnowski，1937—），波兰哲学家。

游客，像潜水员一样在海底漫步

寻找宝藏，搅起脚下

虚幻的尘埃。

无尽的暮色还在继续，

无尽的五月黄昏，

麻雀高声叽喳，影子

缓慢回归

回到它们幽暗的公寓，

树木被轻微的震颤，

甚至被恐惧攫住，仿佛终于明白

就是这样了，它们已无处可去。

现在看来似乎

一个秘密渴望被揭晓，

它举起手，仿佛老师偏爱的学生，

但我们知道这不可能。

哲学家必须选择他们的城市，

只有诗人能生活在任何地方。

# 圣地之旅

一辆旧巴士载着我们向东行驶

在下午


身披破旧斗篷的国王们

在狭窄的座位上睡着了

就像市郊火车上的工人

他们的头耷拉在胸前


沙漠延展开来


不知这是什么季节


没有先知

或许已遭到逮捕

我们知道

什么都没有改变

一如既往


一切都会恢复正常

肮脏的警察局揉皱的钞票

暴怒


但现在

我们正驶向圣地

那里有快乐


太阳升起

一道粉红的疤痕

在天上

# 安德烈·弗雷诺 [1]

在利沃夫讲学一年。
战后的巴黎，勃艮第街，

一条狭窄的街道，安静，适合诗人
和安静的布尔乔亚。

我喜欢他的诗，
《三位国王》及其他，

例如《待售的房子》
开头是这样

---

1　安德烈·弗雷诺（André Frénaud，1907—1993），法国诗人。

（兹比格涅夫·赫贝特译本）：

"这里住着许多爱过的人"——结尾：


"我们打开窗户……换个标牌。

进来一个男人，嗅了嗅，然后重新开始。"


他住在巴黎一栋古旧的

石头建筑里，镶木地板嘎吱作响，


房门上没有把手，只有按钮，

被那些"重新开始"的人，


和那些"爱过"的人的手指

触摸得如镜子一般锃亮，光滑。

# 卡门

有些女孩甚至在很小的时候

就把头发染成黑色

结果并不总是太好


这背后或许隐藏着西班牙的召唤

悲剧人物卡门的魅力

并非人人都能接触的暴烈


我读亚当·瓦日克[1]搭建的诗

然而，在诗的冷漠底下

能感知到一个活的（和谨慎的）头脑

---

1 亚当·瓦日克（Adam Ważyk，1905—1982），波兰诗人、散文家。

天气晴朗，形象返回

一队克拉科夫的居民

在我面前不紧不慢地移动


生活平静地穿过普兰提公园

大体上对自己很满意

谦虚的人在散步，用皮带牵着


小型杜宾犬、杂种犬；小狗占多数

它们旁边鹈鸟如 T 台上的模特

展示着自己的迷人之处


毕竟已是五月，著名的五月

许诺的月份

没人想过以后去确认

# 一座外省的古罗马城镇

这座被考古学家扫荡过的城镇

没有更多秘密可言。

毕竟他们跟我们一样生活。

他们在傍晚久久注视大海

悠闲地啜饮甜葡萄酒

做着和我们一样的梦。

他们知道梦不会成真。

他们有自己的诸神，爱争论、专注

或粗心。但也有一种神性，

无处不藏，隐形。

他们试图捕捉，用绘画、

诗歌和旋律，都徒劳无功。

城市的规划清晰如黎明

太阳很容易找到方向

夏天、冬天，每天、总是。

他们等待野蛮人，心怀恐惧，

筑起越来越高的城墙和塔楼。

（野蛮人却没有来。）

他们被时间的轻型马车碾碎，

车轮疾速地、静静地行驶，

仍在行驶。

# CD

应凯瑟琳的要求，我当时给查理

寄去了一张 CD。

其中有巴赫的恰空舞曲，贝多芬最后的

钢琴奏鸣曲，

还有肖邦的谐谑曲（几乎是所有

"你愿意带到一座荒岛去的音乐"，

假如荒岛上

有合适的设备）。

我知道他听过那张唱片

在他最后的日子里，也许他想过

留下那笔财富，

那快乐，甚至在最悲伤的

广板乐章里，也隐藏着。

# 星期天

是的，每个星期天

去教堂吧，在十一点

或十二点，穿上干净的衬衫，

精心熨烫的衣服。

去教堂吧，你会发现

一位下巴肥大的神父。

他会布道很长时间

以一种无法想象的崇高语气，

他会教你该怎么想、怎么做。

神在别处，在别处。

我们一无所知。我们生活在黑暗里。

神在别处，在别处。

# 在车库

就在你进入

空车库的时候

喇叭响起

如同出现在《第五交响曲》里

突然间它变得清晰

有欢乐也有死亡

还有发疯的苍蝇

在桌子上方盘旋

而你们所有人刚才

还坐在那里

平静地交谈

# 埃兹拉·庞德

军用飞机

把他从一座监狱转移到另一座监狱

他低垂着头神情漠然

然而在飞越大西洋时

旭日如一只红色大球

出现在天空

他跳起狂喜的舞蹈

迎接光明

人们或许会认为

他"日日新"的理论

这一次

完美地实践了

# 无家可归

我的朋友们劝我

不要再哀叹

你并没有那么无家可归

他们说

　　　　我们知道你失去了

那座城市但毕竟现在

你过得很不错

情况不算太糟

我赞同他们，我又怎么能

说他们不对呢

于是他们高兴地离开

我对自己重复道：

我过得很不错

我并没有那么无家可归


我开始相信

朋友们

告诉我的话

# 乐器

你为什么要写音乐，音乐

对你意味着什么，你能指出

最能激发你灵感的

一种乐器吗，你还听爵士乐吗，

你为什么不演奏乐器，

音乐到底是什么，关于它，你为何

什么都不能说，你认为神秘主义

还有未来吗，如果有，为什么，

你同意这个说法吗，

比如说，绝望是美丽的？

# 让·埃默里 [1]

这是个脆弱的人，和其他人一样

图书馆的常客，博学多识，自学成才

他厌恶身体的暴力

在每张合影中，他总是
最瘦弱的；仿佛正缓慢地
从照片中退出

这样一百年后他将彻底消失

---

1　让·埃默里（Jean Améry, 1912—1978），奥地利随笔作家，作品以揭示
　　纳粹集中营的罪恶著称。有以他的名字命名的欧洲随笔写作奖，扎加耶
　　夫斯基曾获得这一奖项。

在巴约讷[1]监狱他试图

理解量子力学


在布伦东克[2]要塞他遭受酷刑


直到生命的尽头他都在试图理解酷刑


在这个领域他也是自学成才


我们不知道一个人如何成为受害者

或刽子手


其他一切就简单了

（或者让我们说，更简单）


---

1　巴约讷（Bayonne），法国西南部城市。
2　布伦东克（Breendonk）位于比利时，"二战"时纳粹曾在此建立集中营。

## 在一座岛上

这座岛上的轨道很久以前便被拆除

但痕迹依然保留了下来


小车站还在，两个月台

已彼此凝视多年 —— 却从未相遇


一轮巨大的满月从云层下滚出

像一个明白许多的人仔细观察着


轨道很久以前便被拆除，但道路依然存在

道路不可能被摧毁


即使牡丹覆盖它们

散发着永恒的气息

# 贝乌热茨

夏天结束，秋天还未开始。

多么美好的一天，森林中的黑莓必定

如无声电影里女人的嘴唇一样黑。

这时你看见了贝乌热茨。

只剩下灰烬和悲伤，只剩下安静

和困倦的居民，他们

仍在等待答案。

黑莓越来越黑。

黑色的是阴影，空洞。

黑色的是燃烧过的爱。

# 伦勃朗，1629 年自画像

在乌云般的黑发下

白色的蕾丝衣领

浸入上衣的深渊

嘴唇张开

一切都还有可能

年轻的面孔上

对生活的恐惧

对胜利的确信

（我们知道这些胜利

是多么富于欺骗性）

# 木兰花

还有那一刻

当黑猫

在我膝上沉睡

恬然安心

科哈诺夫斯基街上

木兰花盛开

弗朗茨·舒伯特还没有死

那支鞑靼人的箭

没有射中圣马利亚塔

（但那样就没有

你喜欢的号声吹响）

## 散步的老画家

他口袋里有为附近的狗准备的零食

他现在几乎什么也看不见

他几乎不再看树木和郊区别墅

他对这里的每一块石头都了如指掌

我画过所有的东西，试图画出我的思想

却从中所获甚少

世界仍在以不可阻挡的速度增长

却总是缺少点什么

# 十一月

你站在一所音乐学校附近

你听到新一代在练习

你听到喧嚣在生长

并做出各种承诺

城市继续思考

瞬间的专注和警车的尖叫

植物园和证券交易所的纸价


你走在一条没有尽头的街道

而在道路两侧

小规模的战斗在展开

谈判在进行


阴沉的十一月迷失在沉思里

幽暗小巷里的一场战斗

和来自乌克兰的手风琴手

他演奏托卡塔 [1] 和赋格曲


自从第一次战争结束

一百年过去了

我们等着第二次战争


夜晚和烟花

以及在礁石遍布的海滩上登陆的难民

还有阿佛洛狄忒 [2] 获胜般

从容地大步穿过

暗如葡萄酒的海浪


在购物中心

左左右右

人们满足地漫步

---

1 托卡塔（toccata）是一种源于文艺复兴时期意大利北部的音乐形式，通常用键盘乐器或拨弦乐器独奏，节奏快速、奔放。
2 阿佛洛狄忒（Aphrodite），希腊神话里的爱神。

而我们仍然不知道奥维德为什么被

罗马流放，为什么罗马

忘记了一切

为什么我们忘记了

一切

# 命名日

曾经，在我还是学生的时候，我给了母亲
一本关于（老）勃鲁盖尔的书，作为她的命名日礼物
一个星期后我把它要了回来，说我的"工作"
需要它（她取笑了我）。


如今现代化甚至入侵了
墓地——离她的墓不远
他们安装了一台蜡烛机，没错，一台蜡烛机，
一根金属柱子，一台能弹出蜡烛的机器，
只要往投币口扔两三个银币就行了。


卢德维卡的命名日又到了，我去了那座城市
现在已不是一座城市，而是一片记忆的热带森林
我的童年在对我说话，每条街道

都在说话，唱歌，甚至可能大喊大叫，没错，

大喊大叫，谈论着曾经有过的事物

和不再存在的事物，以及我曾经认识的人。


在这样的混乱中，在回忆的尖叫中

我不知该如何为死者祈祷。

我在墓碑上放了一盆小菊花

在回家的路上才明白

这就是祈祷，这短暂的犹豫。


同时我也意识到我没带钢笔

或铅笔，我不能写下

发生的事情，幸好加油站的

收银员救了我，她给了我

一支用过的金色圆珠笔

和一张没用过的 A4 纸。


我飞快地开始记，当我潦草地写着

笨拙的句子时，我的朋友们不知从哪里冒了出来，

查理·威廉斯，还有托马斯·萨拉蒙 [1]——

我想托马斯会特别喜欢

加油站的圆珠笔这个点子。


我如实解释道："但事实就是这样，真的。"

我听到一个回答："真的，

它到底是什么意思？"（他们一起说，

大笑着，虽然我知道他们的美学

在过去截然不同）


而一切都没有改变，一切都没有改变；

我回到克拉科夫时，天已经黑了，

这是八月最后的日子，却依然很温暖，

夏天还记得它的青春，甚至夜晚

也温暖、轻灵，一切都没有改变，

成群的钟乳石在洞穴里缓慢生长，

卫星时断时续地监视着地球，

一切都没有改变，一切。

---

1　托马斯·萨拉蒙（Tomaž Šalamun，1941—2014），斯洛文尼亚诗人，作者友人。

# 多年前的勘误表

给尤利安·科恩豪泽[1]

无意中我发现了

一册多年前的勘误表：

"第 13 页第 15 行应改为：

不是小号手没有小号噢黑人母亲

印刷厂就此错误向读者诚致歉意"

不幸的是，太晚了

什么都不能改变

小号手来了却又放错了位置

我们找不到小号

---

1　尤利安·科恩豪泽（Julian Kornhauser，1946— ），波兰诗人、文学评论家，也是作者友人，两人年轻时曾共同撰写并发表文学宣言。

印刷厂不会向任何人道歉

印刷厂已经消失

妈妈死了

读者也不多


而且我们不清楚应该怎样生活

才不需要勘误表

我们不知道这样的生活是否可能

勘误表是否真的能免于出错

# 译后记

《真实生活》是扎加耶夫斯基于 2019 年在波兰出版的单行本诗集，几年后仍由他的主要译者克莱尔·卡瓦纳女士翻译成英语，由纽约的法勒-斯特劳斯-吉鲁（FSG）出版社出版。扎加耶夫斯基没有看到英译本的出版，他于 2021 年 3 月 21 日在克拉科夫逝世。但令人欣慰的是，他看到了此一年前由我翻译成汉语的《永恒的敌人》和《无形之手》。这两本精致的诗集得到了中国读者的喜爱，《永恒的敌人》还入围了深圳读书月"年度十大好书"，虽然只是"入围"，却是唯一入围的诗集，这当然完全归功于扎加耶夫斯基诗歌的独特品质。此后，扎加耶夫斯基的另一部诗集《不对称》也顺利在中国出版，而且不久便加印了，真的要特别感谢读者慧眼识珠。

这几部诗集保持了一贯的风格，无论是诗歌的内容，还是编辑的体例、诗集的形制，都十分统一。这也是作者喜欢的诗集的"模样"，他不止一次谈到过：不厚、可随身携带、可反复阅读。《真实生活》尤其如此。而且因为其中的诗歌均为新作，在过去一年里我反复阅读，诚实地说，我对《真实生活》的喜爱程度，甚至超过了前几部诗集。

曾有论者将扎加耶夫斯基的散文写作打上"个人化历史写作"的标签，这也部分符合他的诗歌写作。扎加耶夫斯基的每一本诗集里，都不乏关于历史的诗，尤其是与他的亲友，他所熟悉的诗人、作家和其他人物有关的历史；不妨说，历史俨然成为他写作的一个资源。我记得有一次，扎加耶夫斯基在接受美国作家访谈时说，他宁可选择做一个"有历史的诗人"。这源于茨维塔耶娃的一个观点："有历史的诗人和无历史的诗人"。茨维塔耶娃将诗人分为两类——那些与历史具有难解关系的诗人，此为一类；另外的一类则属于纯抒情诗人，他们天生成熟，只需等待歌唱的灵感。在某种特定的意义上来说，"天才"是可以不受历史打扰的。扎加耶夫斯基的立场是：诗人在历史之中。他选择背靠历史，或者更准确地说，他选择置身于历史之中；置身于或远或近的历史，试着去理解历史，这也是理解现实的前提，对扎加耶夫斯基而言，这是一个明确的自我要求。

另一方面，扎加耶夫斯基说，他尽力想做的是利用历史，经由个人化的历史想象，将历史注入抒情的时刻之中，所以我们也不难发现，扎加耶夫斯基的许多诗都是截取历史事件或历史疼痛，然后试着从中找到某种富于人性的东西；因为抒情总是人性的，最后它会帮助诗人和读者解开难解的历史。这是一种打开历史的方式，将历史转化为悲剧的愉悦时刻。在我看来，《真实生活》里有许多诗便遵循了这一写作思路，是被我称为"富于历史感的诗篇"。

另外，《真实生活》里占有相当篇幅的，是关于日常生活的诗。扎加耶夫斯基之所以给人平易、亲近的印象，我想跟他擅写此类诗歌有关。我们知道，在最近几十年的汉语诗坛有一个"日常生活"的写作神话，大量诗人热衷于书写所谓日常生活，因此也造成了"日常性""叙事性""叙述""口语""段子"之类的泛滥成灾，严重拉低了写作难度，几乎放逐了诗的抒情性、艺术性，这当然是不足为训的。扎加耶夫斯基如何写"日常生活"呢？他也叙事、叙述、挑选具有意味的细节，但他绝不复制生活，绝不写生活本身早已告诉我们的那些东西。

桑塔格在《智慧工程》一文里说，扎加耶夫斯基具有小说家的智慧。桑塔格所指的智慧，我理解还是指传统和典型意义上的小说家擅写世情、人物、性格的那种能力。扎加耶夫斯基的确写过几部小说——可惜没有被翻译，但文学史上是有定论的。扎加耶夫斯基的记叙性散文、回忆录（如《两座城市》《另一种美》），就是纪实小说的笔调，比如刻画人物，他是非常简洁的，寥寥几笔便有跃然纸上的效果。扎加耶夫斯基的这一类诗也是如此，特别是他笔下的人物，常常仿如简笔画或微型雕塑，读后令人印象深刻。

为何能做到这样？首先当然是因为诗人目光敏锐、思想深刻；另一个方面，我想跟他不轻易下笔有关。扎加耶夫斯基曾说，对每个诗人而言，危险恰在于写得过多；所以不写的时候也是可喜的沉默，防止你写得过多、冲淡你，或者防止你写些平庸、无趣的诗作。尽管他也坦言，不写很是痛苦，但这是必需的。同时，虽然早已是著名诗人，扎加耶夫斯基却十分注重修改。他说自己有时候写上十遍草稿，一次接着一次重写、改写，直到不能再做修改了。"我把修改看成是在一具活的身体上做手术。"说实话，我看到这些时，也是非常吃惊的。警惕滥写、反复修改，这些说起来似乎都是老生常谈，实践起来却非常不易。

我一直认为，扎加耶夫斯基是一位文本意识非常强的诗人，如果说以上还只是涉及了他诗歌写作的方法论，我以为，还有一个更重要的原因，扎加耶夫斯基是波兰著名大学的哲学科班出身，他始终反对那种无深度的写作。不管后现代文化如何热衷平面化、碎片化，扎加耶夫斯基仍然相信"没有无高度的诗"，这是他曾引用的瑞士诗人菲利普·雅各泰的警句，在他们这样的诗人看来，没有思想深度、没有精神高度，诗就是不可能的。

　　《真实生活》也许是诗人留给我们的最后一本诗集了，但也不排除（毋宁说我是期待）他还有未经整理和发表的诗作。那无疑是读者的幸事。

　　扎加耶夫斯基离世已经三年多了，我常常想他。要读的书还有很多，但这几年，我常常放下正在读的书而打开他的诗集，沉浸在压倒我的怀念中，恍惚，黯然，又不时被他的诗打动、提振，我想，扎加耶夫斯基的诗必将伴随我的余生。


李以亮

2024 年 4 月于武汉

野
SPRING
更具体地生长

主　　编 ｜ 苏　骏
策划编辑 ｜ 苏　骏
特约编辑 ｜ 苏　骏

营销总监 ｜ 张　延
营销编辑 ｜ 狄洋意　　许芸茹　　韩彤彤

版权联络 ｜ rights@chihpub.com.cn
品牌合作 ｜ zy@chihpub.com.cn

野
SPRING
望
MOUNTAIN

春山望野（北京）文化传媒有限公司

Room 216, 2nd Floor, Building 1, Yard 31,
Guangqu Road, Chaoyang, Beijing, China